推薦

情慾詩人——靡靡

圍繞著狂愛與情慾的精神病手記。

詩人——宋尚緯

因為沒有人有承接我們的義務，所以我們都要長出足夠堅強的「芯」來面對這個世界的惡意。

作者簡介

欸里

始於1993年3月，一團有著病變大腦的無用肉塊。至今都是一邊寫字、一邊在自己愁煩又惱人的情緒裏頭下沉，面對鏡頭的時候能夠短暫地幻化成人，這樣一個台北虛擬女子。

「Soft-mess 柔軟而一團糟」

截至目前，已經過四分之一個世紀，渺小而不出奇的人，再怎麼痛苦掙扎，也沒辦法在二十七歲的日子巨星殞落。

It's too late to die young.

如果不將現在的印象留存下來，我怕會忘記。
只有自己能負起責任，把自己想起來。

/

一八年的秋天，在漫長卻失敗的咖啡比賽與單戀的雙重打擊下，心中浮現這個想法：「如果要加速成為理想的自己，那就要趕快賺到很多錢呢。」於是投身酒店工作。同一年的平安夜，很重要的前男友S，上吊自殺走了。

隔年，一九年三月，接近生日的時候，穩定將近十年的重鬱逐漸失控，在春天進入梅雨的日子爆發，工作到一半潰堤，深夜被送往急診室注射鎮定劑並安排住院。住院兩週又自行休養一個月後，雖然可以重新工作，開始在店裏煮咖啡、做蛋糕，過平凡的生活。但反覆的焦慮、暴食、恐慌，仍日日伴隨，必須持續依靠藥物治療與諮商，來與這個社會達成平衡。一九年的尾聲，不知道是因著藥物或病症轉換，本該是平凡而清醒的日子裏，斷片失憶的狀況愈漸頻繁，從不記得照片裏的自己，到不記得做了四個蛋糕，最後不記得S已經死了。各種小小的失憶，開始侵蝕自己的生活。原本就想寫書但又愁煩寫不出故事的那個無用的自己，終於在二〇年末，找到將文字出版的意義——為了以後可以想起自己。

酒店工作、追夢、自己的限度、他人之於自己的死亡、重鬱症轉躁鬱症、**愛**、感情、**愛**，寫著這些無聊而無奈的生活、有病呻吟、留下這樣的文字與寫真紀錄。

2018 Fall

2020 Summer

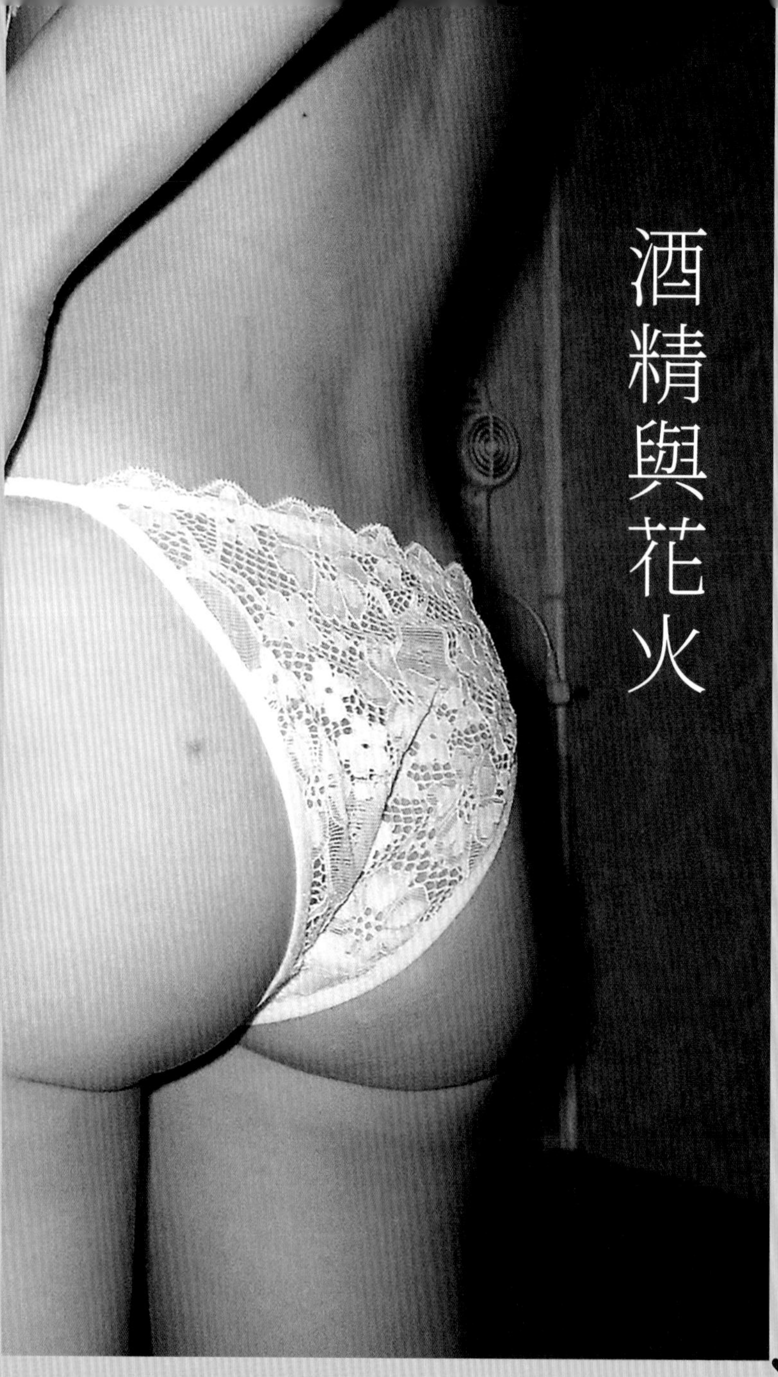

酒精與花火

1 「綺麗な人になりたい」

二十五歲的日子裏，我的腦袋愈來愈失控，不僅僅是暴食症、憂鬱、消化系統異常、焦慮、情緒失控，就連用來協助我控制它們的藥物、都因為忘了吃，開始產生戒斷症狀。

是否我已經意識到自己不願久活？說不定我的身體將再也無法正常運轉。

也許我的大腦將下達指令，讓某些器官提早放棄工作，也許有天我會發瘋，也許有天我會步上我媽躁鬱的後塵，也或許不會有任何惡化，就這樣奄奄一息的，跟目前這些症狀度過一生，然後痛苦地衰老。

「英語、日本語、韓国語、フランス語、更に他の言葉で自分の生活を語りたい。」

我開始想，我要怎麼在最短的時間內，盡情去做一個「理想的自己」，我回溯之前隨筆記錄下的一些理想未來，以及理想生活。

「想當個外表漂亮的人」

「想帶著愉快的心情跟咖啡及書本相處」

「可以用英、日、韓、法，甚至更多語言來描述自己的生活」

「想擁有一個漂亮舒適的房間」

「想要跟喜歡的人在一起」

「爽やかな気持ちを持って、
コーヒーと本と一緒に過ごしたい。」

為了早點賺到錢達成這些目標，我跑去酒店工作了。

「綺麗で快適な部屋が欲しい。」

「好きな人と一緒に居たい。」

她早在某一次發病的時候就體認到，自己是沒有能力規畫未來的人。

所以，她總是非常積極又不擇手段，要在最短的時間裏達成目的。她甚至完全不考慮任何間接造成的影響跟傷害，她沒有餘裕去可憐他人，當然，也沒有人能夠可憐她。

2 「アルコールと暗い個室で。」

有人倒抽一口氣，有人說妳還是太天真，有人說妳已經不再是妳了，有人說他相信妳可以。

其實妳沒有那麼在乎每個人的想法，反正妳知道的，縱使把妳切成碎片，也無法成就所有人的期望。這大概是妳第一次這麼反骨跟任性的與這個社會反向而行，妳照著自己的慾望去走，縱使會被社會與他人批評。

兩個月後妳發現自己倦怠的比想像中更快，所謂的新鮮感已經不足以支撐妳硬擠的笑容，妳還是可以對大多數人露出微笑，只是妳開始無法隱藏發自內心對人產生厭惡的感覺。

妳看著其他人，打從心底佩服她們對於各種言語都能接續，對於各種字句都能笑得唇紅齒白，妳深深佩服。

酒精與昏暗的包廂。

妳仍在努力觀察。

「あなたはまた努力して見ている。」

3

將近四個月，我還是不太理解這個環境，可能因為這邊是一個特別接近人性與現實的地方，而我一直以來都是個與人有隔閡、活在自己世界裏的任性生命吧。

我也始終無法習慣自己是一件商品這件事。雖然每次都像飄在空中，看著底下呆站著的自己擠出笑容，像專賣店架上的運動鞋一樣任人挑選。即使每天像儀式一樣進行，我依然無法意識到「自己就是一件商品」這件事。同時，我也是個不聰明就算了、還學不會聰明的人，無論是誰說了什麼，我都會當真，我都會覺得他或她是真心這樣覺得，也許他真的覺得我很棒，也許她真的蠻喜歡我，我可能真的是他的唯一，我們也許可以發展出一段很棒的關係。

但他們都只是說說而已。我一次又一次的相信，然後自顧自地難過，

今天也作為一個失敗的商品，努力打著呵欠、販賣自己。

4

他說他覺得很可惜，他說他可以幫我。

他說的話跟說話的語氣都甜甜的，而他說話的時候，眼神是清澈透明的，像十幾歲的小孩那樣溫柔。

他好像沒辦法理解我為什麼出現在這樣的場所，他一臉很困擾的樣子、像是面對一道沒學過的數學問題，他低著頭說他覺得不該是這樣的。

他看見我身穿白色的衣服，他沒有看見我的混濁。

「彼の話には甘い匂いがする。彼が話を
している時、目は水のように澄み、十歳
の子供のように優しい。なぜ私がここに
いるのを理解できず、難しい表情が彼の
顔で見える。」
「彼は白い服を着ている私を見たけど、
私の暗闇を見ていなかった。」

5

當酒店小姐那半年，一天是短暫而漫長的，睡眠時間是一瞬、包廂裏則是一世紀（多數時間都會坐到討厭的客人）。在那半年，原本乖巧的生活像是上了考前衝刺班趕進度，該打破的，都在這半年碎了一地，能寬容的，也在這半年被推到桌緣，搖搖欲墜，一切都在她的無知與微弱腦波之下，朝著最危險的方向奔馳。

所有一切事情大概都會用這種速率搞砸，
直到永遠吧。

6

雖然每天為了工作，儘可能讓自己光鮮亮麗、完妝朝氣，但心裏終究跟廢廢子（註一）一樣，是個嚴重自卑卻渴望**愛**的邊緣女子，在路上看到俊男美女現充（註二），就會有「啊……真好啊……」的感嘆。好想要有個人抱著自己，說他覺得我是世界上最可愛的女朋友之類的，連螞蟻都蛀牙的甜膩台詞。

/

談著不去多想未來的甜蜜戀**愛**，想要一直擁抱著，不想分開，想要一直抱著，直到整個宇宙消亡。

註1：廢廢子，漫畫《廢廢子の充氣大冒險！》裡的主角，是一位長相普通，身材有點肉肉的女大學生，她穿梭於不同的交友軟體，遇見形形色色的男人。

註2：現充（リア充），日本網路用語，本指「現實生活充實」，亦指一個人的男朋友或女朋友顏值很高，是現實中的人生勝利組。

朋丁 pon ding

這個冬天太渴望溫暖擁抱，心像水蛭般吸附在每段若有似無的關係，貪心地放任自己左擁右抱，因為妳知道他們一定都會離妳而去，沒有什麼永遠，沒有什麼不放手。妳吸附在他們身上，直到對方枯竭，失去情慾，不再動心。他們也在離去時，不自覺地帶走妳內心的一部分，跟你的青春。

然而妳還是放縱自己盡情去喜歡他們，至少臉頰熱了、身體不冷了。

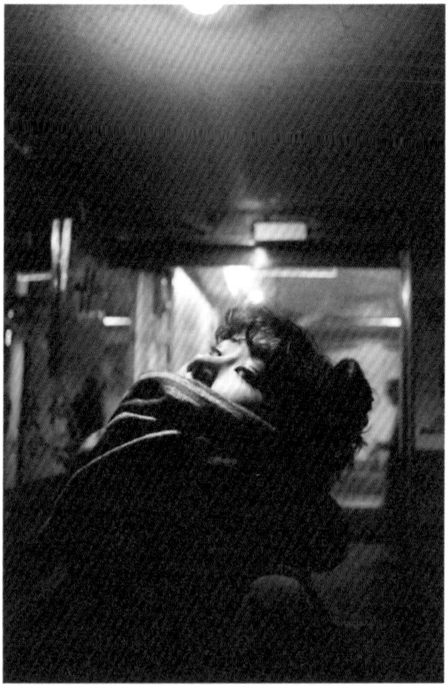

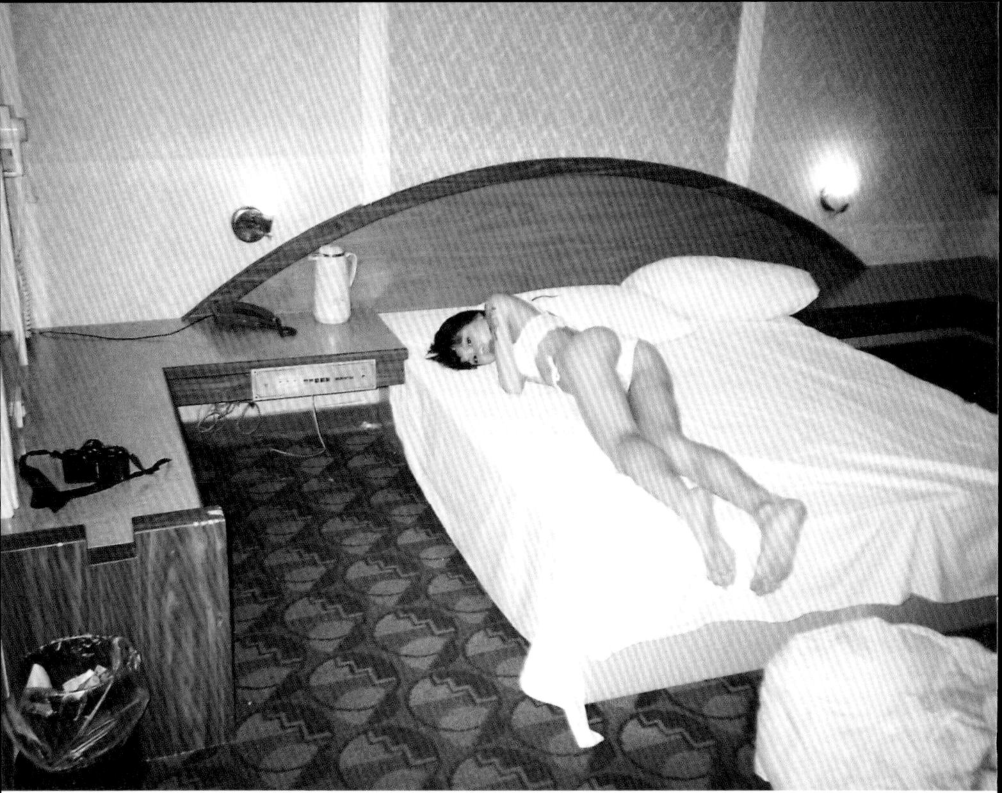

7

看到一個人的瞬間，突如其來胸悶暈眩想吐，我搞不清楚我是厭惡這個人，還是厭惡自己。我其實一直都滿厭惡自己的，覺得受傷也許只是剛好而已，我也不明白自己對這個人是傷心還是難過，但我看到他就是覺得噁心想吐，產生羞恥感。

8

在酒店上班那半年，常常從經紀人的監視下失蹤，只要一寂寞就會失控。我一直以為那些是**愛**，很久之後，才知道那是對**愛**的渴望所衍生出的純粹孤寂。一直到現在，我還是覺得自己是**愛**那些人，才跟他們上床，我的經紀人為此感到很頭痛。酒店只有交易，沒有感情，妳得拿取妳應得的回報，但我都沒有。我跟他們約會吃飯，甚至上床（當時自認是女朋友或小三），直到離開酒店我才知道，它們對外所稱的約會，那些交易也應該以傳播（註）的每小時一千五來計價收費，飯錢、車錢也應該由對方負擔，做愛更不能理所當然。但我太寂寞了，我只要他們陪我就好了，我真的太寂寞了。

註：這裏指的是傳播小姐，俗稱傳播妹，是一種在設置包廂或提供投幣、刷卡等伴唱視聽設備裏，陪伴客人共同歡唱的女侍。

9

現在才知道原來生活沒有所謂該是什麼樣子，以前從未想過夜晚的台北竟是如此無序而赤裸。

（就算說不上是溫室裏的花朵，好歹也是遠離世俗而被人盡力呵護的小小盆栽吧）

荒誕

對於這樣不確定的浮動關係，與其說沉溺，不如說是看到浮木就伸手去抓吧。

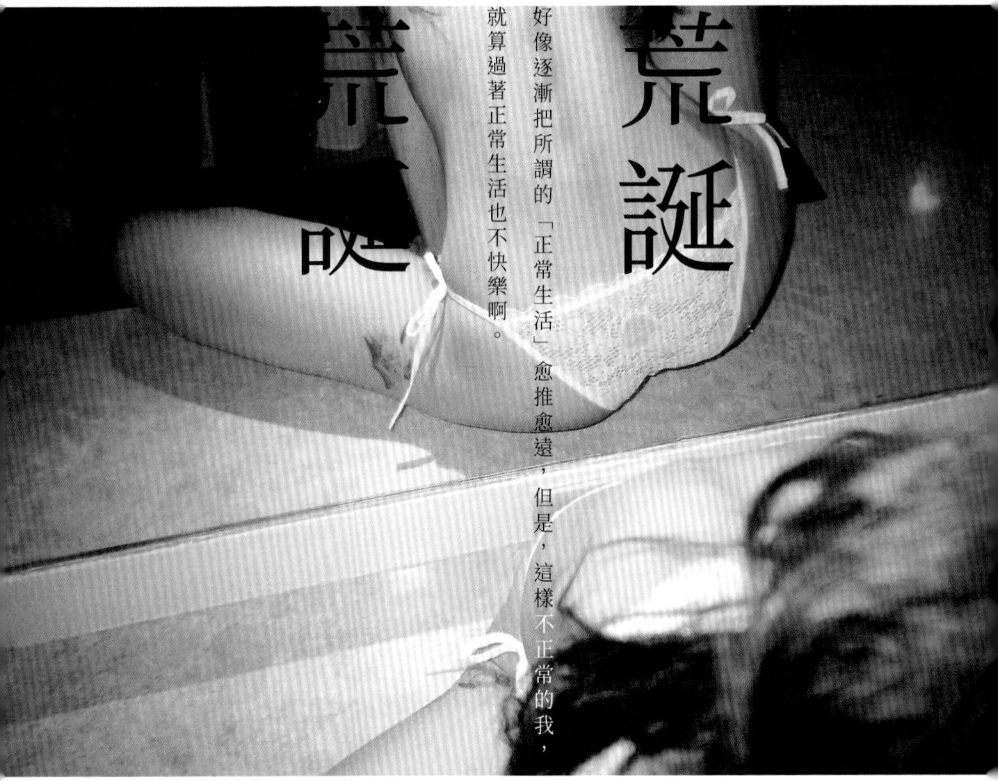

荒誕

荒誕

好像逐漸把所謂的「正常生活」愈推愈遠，但是，這樣不正常的我，
就算過著正常生活也不快樂啊。

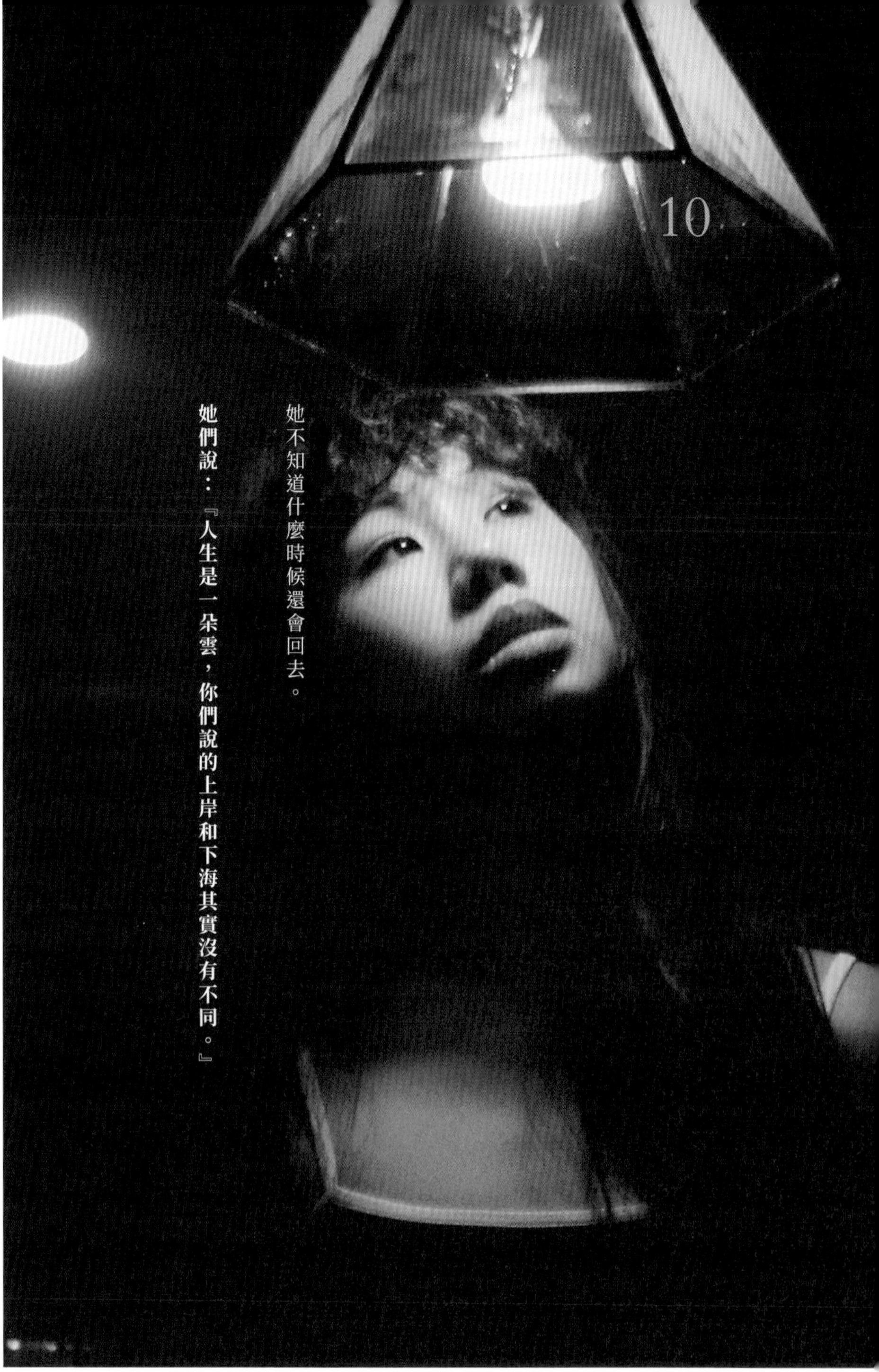

10

她不知道什麼時候還會回去。

她們說：『人生是一朵雲，你們說的上岸和下海其實沒有不同。』

一八年入秋的日子，踏進了林森北路的酒店工作，以為自己可以將這份工作做個三到五年，藉此實現自己所想像的，各種物質生活的小確幸，半年後精神崩潰、住院，最後在經紀人的衡量與勸導下離開這一行。

這半年裏，每天零散地使用手機，在雲端記下各種工作內容、客人與公關的名字、插曲，變成像是日記的流水帳。酒醒後就算看著那些自己親手打出來的文字，也什麼都想不起來了。

無所適從又無處可逃

1

她其實知道，自己總是在攪動別人的人生，總是在傷害人。情感豐沛就像麵糰加了太多水，還沒發酵就急著沾滿雙手，還沒有過往，就急著拿出未來的日子說夢。

總是擅長用滿腔**愛**意淹死她**愛**上的人。

她想著，如果夠幸運的話，總有人能在她的汪洋裏勉強自己載浮載沉，但最後他們都在溺死之前逃上岸，或是，就這麼溺死了。

夢幻天女
CLAMP

コーヒーを作る時に死にたいと思う。日差しを浴びる時も死にたい。ご飯を食べる時も死にたい。道で歩く時も死にたい。涙が出て枯れるまで、その時間の流れにも死にたかった。

2

喃喃著「我不知道」、「為什麼」，是近期常態性的妳。妳知道妳正在一個不好的狀態，雖然妳很規律的用藥物試圖維持，讓自己像個正常人，但其實妳知道妳正處於不好的階段，還不到差勁的地步，但亦相去不遠。

妳很清楚知道自己是個無可救藥的膽小鬼，不敢自殺，只能拖延著活下去。那種想死的念頭如同口渴想喝水那樣理所當然，一股與求生慾望完全相反的本能，伴隨妳一輩子。今天也抱持著對於「自己如果可以突然猝死該有多好」的渴望在活著。

妳在煮咖啡的時候想要死掉，
妳在曬太陽的時候想要死掉，
妳在吃飯的時候想要死掉，
妳走在路上的時候想要死掉，
妳在眼淚掉下來到它乾枯的過程中想要死掉。

糟了，我不知道，妳開始經常性呆滯，因為一點小事而微笑，昏沉而無法解讀接收到的新資訊。妳沒辦法思考跟拒絕，就只是「我不知道」，然後，「為什麼」，就只能在最後這樣喃喃自語。

仕事中にも涙がよく出ちゃって、

窓を拭く時も、

コーヒーを作る時も、

ケーキを作る時も。

她不確定要怎麼緩和這種情緒。她在上班的時候總是突然掉下眼淚，有時她在擦玻璃、有時在煮咖啡、有時在做蛋糕。生活總是會有各種理由成為她落淚的原因：感情上的挫敗、工作上的無力、生活上的漫無目的，她的人生總有各種悲傷、無時無刻在萌芽。

她不確定要怎麼解決這種問題。她長期吃藥，打過鎮定劑，住過院，談心理諮商，這一瞬間還是萌生了奪門而出被車撞死一了百了的想法。

她好像除了哭之外沒有別的辦法。

泣く以外どうしようも
なかった。

如果她的靈魂是一個宇宙，那麼這個宇宙此刻被囚禁，縮得好小好小。

3

她希望自己能夠如同殘存的花、依舊姿態漂亮。

COMIC

4

我買了書，遊蕩在台北街頭，發現無論在哪裏都渾身不自在，而且我哭得眼睛很疲、頭很痛，所以我決定回家睡覺躲進夢裏。我買了草莓、藍莓、白葡萄、乳酪，跟三罐蘋果酒，奢侈地把自己餵飽後，看了一下書就睡著了。

醒來之後眼淚還在掉。

怎麼會這樣。

好累。

外から雨の音、止まらない涙、

ベッドに居る私。

どこに行ければわからない。

我聽到房間窗外傳來雨聲，眼淚一直掉，我躺在床上，有種不知道該何去何從的感覺。

我不知道明天跟明天之後要怎麼過。

渾身不自在，明明躺在軟軟的床上，卻無論怎麼做都很不舒服。

明日と明後日はどうやって行けるのも

わからない。

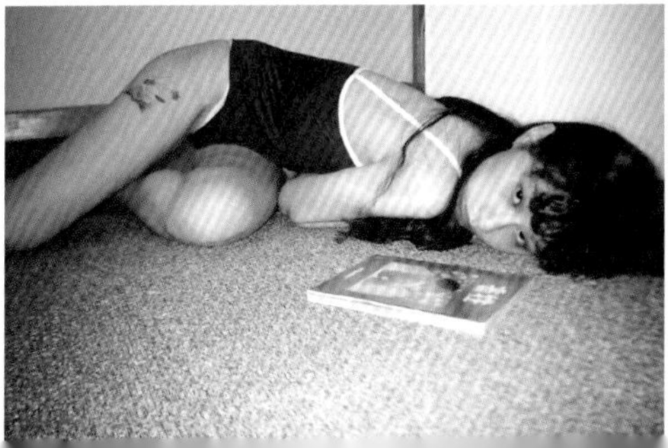

私はなんで生まれた。

かなしい。

我想起媽媽發病時蜷曲在小椅子上，望著電視機的身影。

我沒想過這些會重現在我身上。

我以為我不會，我以為我可以，但我沒有。

到底為什麼要出生啊？

我真的好難過。

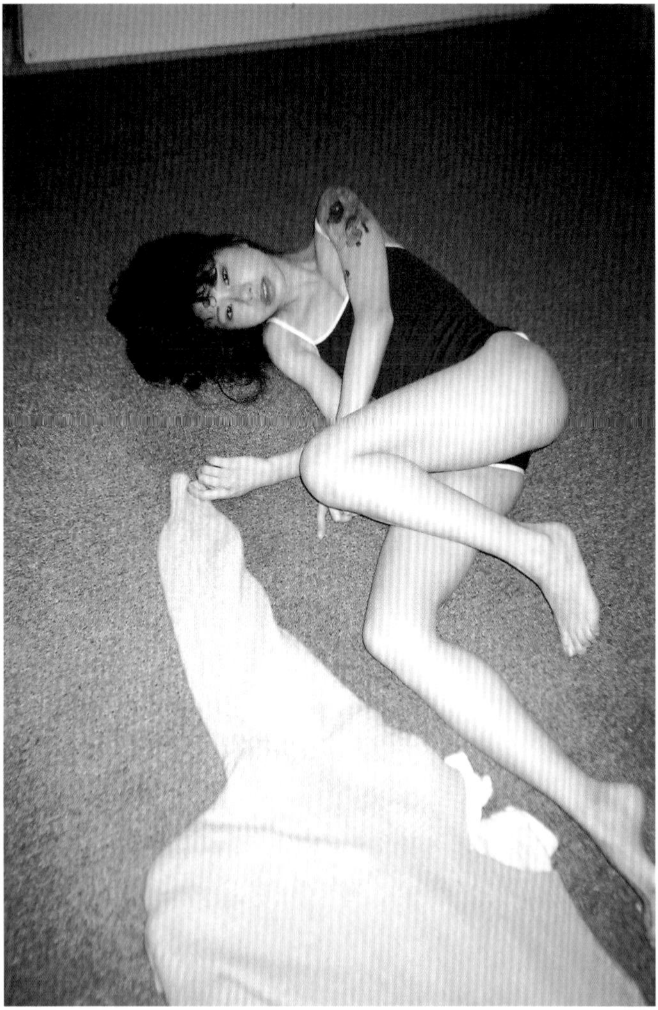

5

我這麼可愛為什麼要有精神病。

私はこんな可愛いのに、

何でうつ病になっちゃったの。

6

妳在回家路上，妳必須刻意繞路才不會太快到家

「也許我應該去上班」

休假的日子反而讓心裏空洞洞的而焦慮慌張。

還是可以因為一些無關緊要的笑話而笑出來，但就是——難過——毫無來由，一切難過都沒有理由，很無所謂，然後，很悲傷。

休假的日子裏，妳很想要死掉。

無處可去的妳，窩在網咖沙發與毛毯之間。妳發現除了去死之外的人生目標都無關緊要。接著妳想起自己好幾次站在頂樓發顫，繩子微微緊貼喉頭後胸口一緊，妳好想要一瞬間死掉妳好想要死掉然而妳又是個宇宙無敵怕痛怕半殘死不了的膽小鬼。妳想起他離開，他居然這

麼勇敢，妳想起以前每次吵架妳總會哭著說妳要自殺，結果他走了，妳還死皮賴臉在這。

/

我逼死一個人、我讓他覺得人生太過現實，沒有希望，沒有繼續下去的價值，只要一想到他可能在離開前，在那個很絕望很絕望的時刻牽掛著我，我就寧可這輩子從來沒碰過咖啡。

我希望不要再有人把我放在心上了，因為我永遠不會讓你們放心。我只能對得起自己，永遠無法讓你們每個人都滿意，即使我自認過得很好，你們還是會覺得我很可憐很悲慘而擅自把我扛在肩上不是嗎？我明明很自私地只想顧好我自己，想要很任性的朝目標前進過好自己的人生，為什麼受傷的卻總是周遭的人呢？不要再掛心我了，顧好你們自己的人生。

7

雖然撐了二十六年，但也許有一天，我沒辦法再繼續保持勇敢。如果有一天我受夠了我自己，我希望你們不要幫我辦喪禮，棺材跟塔位墓碑也都不要，請把我直接埋了或是燒了，把骨灰包一包丟掉。也不要悼念我，我不想去相信所謂投胎轉世天堂地獄，我也不想成為幽靈或什麼神奇的形式來託夢，我希望自己就這樣化為一灘無機能的蛋白質然後消失。

私、葬式をやりたくない。棺や納骨堂
や墓碑などもいらない。

8

請大家透過虛擬帳號看著我持續在生活中垂死掙扎，然後告訴自己可以不用那麼努力沒關係，其實我們都盡力了，即使結果好像再三告訴我們「你做得不夠」，但我們都盡力了，我們終究不是含著金湯匙出生的人，我們終究會碰到讓我們很悲傷很絕望的事，無論是繼續或逃走都沒關係。如果你死掉了我一定會很悲傷，但也沒關係，也許「不再痛苦」跟「快樂」有著同等重要的價值。

我們都不是孤單的即使我們總是感到寂寞。

私達は一人じゃないけど、

いつも寂しさを感じている。

9

三月是妳出生的日子
抵達了春意盎然的日子裏妳總是死去
每一年
大概為期一個月
每一天
妳的大腦每一天都生不如死
妳其實寧可真的死去

/

好想死掉。
春天盡是難以忍受的事。

10

情緒是很即時的，失去了就是失去了。她常常在情緒裏受苦，想要提筆記下那些痛楚，然而當她稍稍感到舒緩，只是一瞬，竟全然忘記那些令她扭曲在地上打滾、滿是血淚的痛。

那就寫些好的時刻，她想。

吃到奶油霜蛋糕、
熬煮並且做了一整個美味的蘋果派、
街角的貓、
貼近身子的床與被褥、
暖呼呼的熱湯、
香草茶、
書本的味道、
剛研磨的咖啡粉、
拉著誰的衣角、
牽手逛街、
擁抱。

クリームケーキを食べて、

美味しいアップルパイを作り、

街角の猫、

ベッドと布団、

温かいスープ、

バニラティー、

本の匂い、

挽いたばかりのコーヒー、

誰の服を引っ張って、

手を繋いで歩いて、

抱きしめる。

11

哭累了睡，醒來繼續掉眼淚。
全世界都在給妳離開的理由。

泣き疲れたら寝る。

起きたらまた涙が出る。

12

已經沒有任何面對失敗時自我復原的額度了。人們在失敗的過程與打擊中逐步成長，但我不行了，我是球根早已腐爛的枝椏，殘存的枯黃葉子就算剪去也不會再次長出新芽。我持續吸收水分，搖搖欲墜卻又沒有死去，佔著這世間靈魂額度的億分之一。

13

「似乎愈來愈嚴重了」他們說。我的google搜尋項目都是燒炭自殺、跳樓、上吊、毒品烈酒死亡、死後電子訊號、硫噴妥鈉(註)之類的關鍵字，而我不覺得「生病了」，因為我不認為有所謂的痊癒。就像顏面傷殘或斷了一隻腳，我想我的大腦定是缺陷了，而這沒有所謂的痊癒。

註：Sodium thiopental ，一種快速起效的短效全身麻醉劑，可用於安樂死、注射死刑，或作為吐實藥，也有精神科醫生用來幫助患者回憶其痛苦的創傷記憶，藉以治療恐懼症。

14

身為一個明明有病識感卻依然不斷傷害身邊親密關係的精神病患，我心想這些被我傷害的人要有多堅強，才能在不斷被我情緒勒索之後，依然對著發瘋的我說愛我。

如果你的另一半不斷告訴你，她每天都想自殺，幾乎每個早晨都被她的哭聲吵醒，但你想做什麼都無能為力。她情緒高昂，焦躁時則會用盡所有——所有她知道會讓你受傷的方式，來傷害你跟傷害她自己。

如果你身為父母，自己的孩子不斷指責你「為什麼要把我生下來，讓我這麼痛苦。」

花費時間金錢希望她幸福，但她的大腦功能失常以致於無法產生熱情跟快樂，即使你們希望她健康活著，她依然一心想死、甚至憎恨自己活著的這件事。

我就是那個不斷尖叫，傷害身邊的肉，毫無產值也不想活著，卻又無奈存在的智齒。如果沒被拔掉，就只能慢慢等著自己蛀掉、萎靡。

/

每當生氣的時候，我總是想要以傷害自己、糟蹋自己的方式來發洩，造成一個傷害的循環，讓**愛**我的人也跟著受傷。一想到他們真的會受傷，我又難過得想哭。

但又很想發洩。

好想死掉。

15

上班時手指被咬傷，我蹲在吧檯下尋找醫藥箱，拾起OK繃打算包紮自己。

撕下外包裝的那一瞬，突然眼淚打轉，感到搖搖欲墜而無所適從。

多想死去。

憂鬱的密度太過濃稠。

我的心始終等不著一道陽光給透進去。

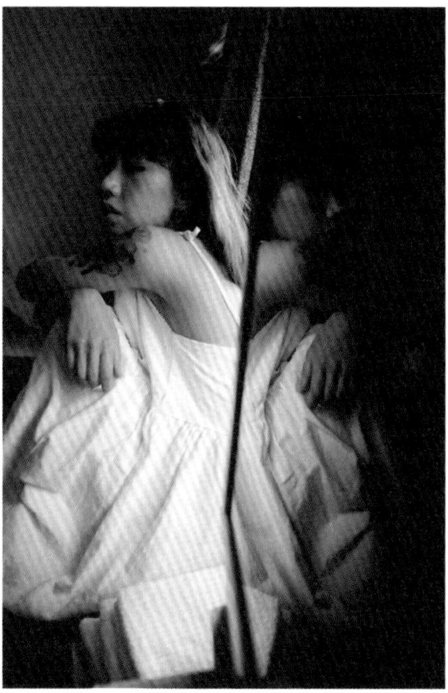

16

頭痛、哭到痛，眼睛開始發疼，但這並沒有讓妳的眼淚停下來。

戴著口罩，妳慶幸這是個冷漠的夜晚，沒有人關心妳為什麼坐在路邊哭，慶幸人們直接擦身而過，慶幸大家今天對妳有視而不見的默契。

17

這樣說來似乎是一件很傷心的事，但我每次夢到我媽時，我們都在吵架、爭鬥、摔東西，沒有例外。

搬家前傳了一大串訊息大概是說我們不要再有多餘的眷戀了，因為我很自私，妳也很自私，兩個病人互相牽扯只會在自以為可憐的泥沼裏愈陷愈深。我們都以為自己有病所以最了解對方，但明明我們連自己都幫不了。最後大概是跟她說，從此我對妳只報喜不報憂，妳不要再對我擔負責任，或把我當成妳控制的對象，我也不用繼續承擔妳那行無功能的關心了。我們是兩個憂傷的靈魂，兩個壞的加在一起也不會變好。

夢醒後我的想法依舊，
希望可以很自私地把現實跟夢境都擺脫。

私たちは二つ悲しい心、

悲しい心に悲しい心を加えても良くにはならない。

18

我在滿二十六歲生日後，成了我最害怕成為的那個自己。

/

妳已經表現得很好了。今年生日一直到梅雨季節，妳都沒有真正重鬱發作。妳表現得很好，在這叫人難以容忍的春日。妳雖然感覺自己快要喪失文字跟尊嚴，但還是血淋淋的邊哭邊努力活著。

如果可以，並不想翻開以防萬一的藥袋。那些鮮豔的西方藥物只不過是實驗下的意外產物，他們只是拿個大釜(註)把情緒全部塞進裏頭，假裝沒事地任由時間熬煮，待妳從瀰漫的藥物裏醒來，發現自己的心也跟著揮發殆盡，燒焦鍋底找不到令妳瘋狂的那些思緒，也找不到活著的痕跡。

註：英國作家 J·K· 羅琳的兒童奇幻文學系列小說《哈利波特 (Harry Potter)》裏，用來熬煮魔藥的器具。

妳有時候會想，靈魂是下來體驗人生，而吃了藥之後妳什麼都沒剩，吃藥就是選擇棄權。

但不吃藥就很現實，沒辦法下床，沒辦法出門工作，沒辦法成為社會的小小齒輪，沒辦法不傷害人。

妳感到很痛。妳需要有人像被子一樣緊緊纏著縮成一團的自己，用體溫告訴妳：再撐一下子。

良くできた。

19

我很討厭有人跟我說他們精神病痊癒的事，因為醫學界至今對於憂鬱症、躁鬱症等常見精神疾病的對症方針，都還停留在已知用火的程度，相關藥物幾乎都是意外發現其作用對腦內分泌或各種區域有小小貢獻，但依然沒有醫生可以明確告訴你，是因為你分泌失調，還是你的腦內系統與一般人有差異。但他們開始給你各種藥物，壓抑你滿滿溢出流到地上的情緒，讓它們乾涸，試圖讓你能夠用正常人的姿態，在這個社會裏多活一天。

我從小看著我媽因為躁鬱症數次發病送醫住院。自己從高中確診以來，憂鬱症與飲食障礙反反覆覆，伴隨焦慮恐慌，曾經全身顫抖冒汗無法出門工作，甚至無法起身下床。不要告訴我你們痊癒的故事，也不要說什麼「妳一定可以」，那真的還滿好笑的。

あなたならできるなんて、ウケる。

20

他們說我眼神鬆軟一點比較好看，於是我開始習慣把自己的懶散往眼簾上頭堆去。

晚安,布布

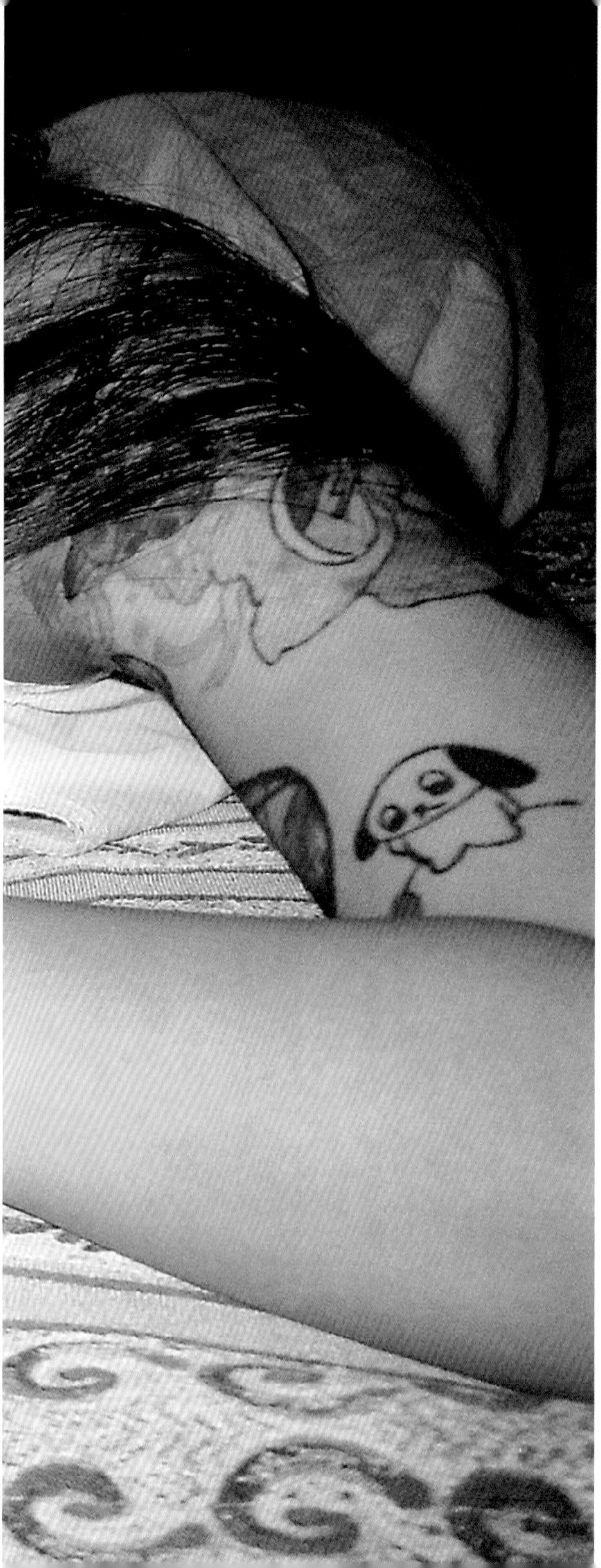

21

住院的某個深夜，我看著小說篇章夾雜 **柔軟** 兩個字，呆坐在病院交誼廳的木頭椅子上，望著前方想著，自己是如此喜歡這個詞——柔軟，但它卻無法形容在我身上，我逞強而脆弱，容易心軟卻又故我，優柔寡斷，我是你光著腳丫踩在草皮上，惱人而固執的雜草。

22

她總萌生被全世界拋棄的悲傷，然後，沒有人能接住她。

她知道那裏不是她的地方，但她還是只能窩在自己小小的和室裏(註)，聽外面的雨跟自己眼淚掉下來的聲音。

「**救救我**……」

她知道位於太過深處的地方，沒有人能真正拉她一把。

註：わしつ，是日本房屋內特有的傳統房間，地面鋪上疊蓆（即俗稱的榻榻米），空間則由拉窗和隔扇（兩面糊紙的拉門）所圍繞，通常設有凹間。

她在最糟的時候遇到誰，誰就被拉進憂鬱的泥沼。擦身而過的身軀一個接一個死去，只剩她孤身一人。掉著眼淚妝點自己，不會有什麼時候是最好的，也沒有最好的人。她是隻身的靈魂又是宇宙，唯有她能找到自己最好的時刻，才不至於把身旁的無辜都牽扯。

/

「待妳完整。」

23

她沒有海的記憶，縱使她的心是遍野的藍。

/

她在水的深處，自她有意識以來始終如此。那裏是深藍色帶有泥沼的綠，明明是黑暗深處，卻總能從不知何處的光線、從周遭映照出她的影子，影子看上去，盯久了，她總以為自己的顏色是深沉的藍綠。

她總有些好的日子。好的日子她會自沈澱混濁的溶液裏緩緩上升浮出水面，那些輕躁的樂觀總能讓人忘記她來自何處。可惜目前為止她像是尚未進化完全的海洋生物，陽光下曬久了、缺氧了，她是隨時會由體內爆破的深海魚，殃及身邊的無辜之人。

彼女の記憶には海がなかった。

彼女の心は青いのに。

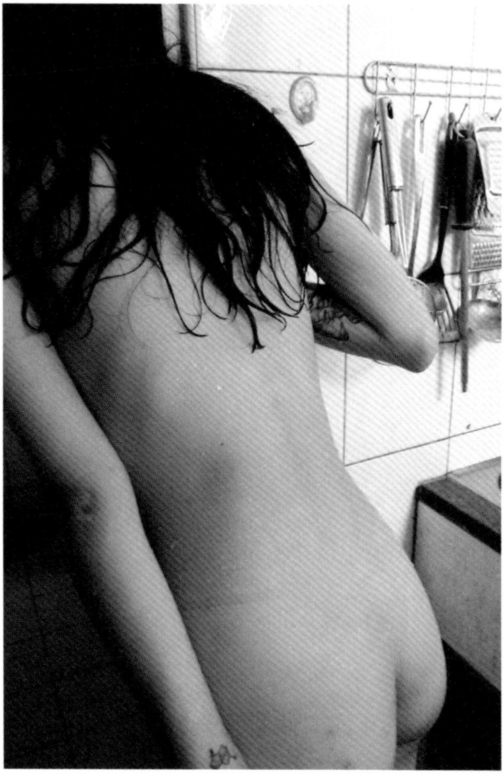

在那裏，腳下盡是泥濘，她習慣這種無法脫離深處的重力，在這種重量條件下，前進後退輕而易舉。她可以理解被拉下來的人對於這些重量會感到多麼無助而瘋狂，她有好的時候，她知道那種非日常的輕盈有多美好，只是這個厚重的阻力現在已成為她的日常。

即使如此，她總能記得要往向陽之處。

それなのに、

彼女はいつも日差しに向かって歩いている。

24

有人問我為什麼要拍大尺，因為我覺得現在瘦下來的身體很漂亮，是唯一讓我覺得我的努力跟堅持是值得的一件事，是我唯一自信的事情。我必須把她留下來，我不知道她什麼時候又會離開。

妳必須說服自己值得被更好的對待，而不是隨意玩賞後丟棄，才不至於連自己都不善待自己，包括欣賞自己美的部分。

25

因為我不是那種喊著胖了一兩公斤就沒事了的可愛女生，我是那種會用力往胃跟子宮摳、死命往喉嚨挖出食物跟眼淚的病態女子。

我是那種照鏡子只是用來擠粉刺、修眉毛、化妝的人，一旦意識到自己整張臉，就會反射似的撇開目光，在久違逛街買衣服時，也很害怕那種到處都是鏡子的店。

我只能透過美肌 App 來看自己，才不會太難過，即使腦袋明白那並非真實。我很常在看到鏡中的自己，或看見別人照片裏的自己時，覺得很醜、很自卑、很絕望。

醫生說有些飲食障礙患者會產生妄想症，雖然還沒那麼嚴重，但漸漸愈來愈無法正視自己，而我也的確漸漸開始忘記自己的長相。

真希望我也是漫畫裏那樣可愛的人。

私は漫画の中に可愛い人だったらいいなぁ。

26

「已經不會哭了」

可是重度憂鬱症的人沒辦法講這種話。因為每一次的發作，都會把至今為止的所有傷痛再次掀起。其實它們只是小小的傷疤，卻在發作時成為發芽的苗。她的身邊落下無數顆名為「曾經的傷痛」的種子，像是縮時攝影那樣，瞬間成長為一座森林包覆她。

這個森林在無數個夜晚吞噬著她。

27

今天跟諮商師說，我希望自己可以消失，我不想繼續下去，只要存在就有感受，只要有感受，就會有快樂跟痛苦。我覺得你們好厲害，「人生不如意事十之八九」，8比2欸，你們怎麼能夠活得這麼甘願？你們知道嗎，就算人生「順遂」與「不順遂」的比例是5比5，我也不想活著。雖然你們都說：「生命還會有很多快樂的事」，但我寧可都不要啊！我才不想要！

28

她對這個世界還抱持著一些溫柔的想像，所以，還可以再撐一下。
然後她總是擅自失望。

29

妳很努力想要裝作不在意，覺得裝久了就能成真，妳還一度覺得自己做得很好，但最後還是忍不住失敗了。

気にしないふりをして、時間が
流れると本格的にそう考えるって、自分はよくやったと思ったのに、失敗したようだ。

30

發病的日子、都浸泡在漫畫裏，才不至於太過討厭自己的生活。

うつ病の日、だいぶ漫画の中で過ごした。そのお陰で何とか生きられそう。

31

我就是一個站在路中央而易碎的廢物。曬太陽是消耗，接收噪音是消耗，跟理念不合的人共處同個空間是消耗，吹頭髮是消耗，大腦無法控制地不停胡思亂想是消耗。

我又想要哭了，我又想要死掉。

在喝完一杯好喝冰咖啡的休假日子裏。

32

我這幾天晚上都會莫名掉眼淚，沒什麼大哭，沒什麼委屈，就只是眼淚掉個不停。大家都很可愛很關心我，我這幾天想起很多喜歡的人，各種因緣際會認識的可愛人們、我喜歡你們。我覺得大家其實都蠻常受傷，或者不知不覺被各種人事物消耗。我不知道是不是因為我生病，所以這些精神消耗所造成的傷口，永遠都會是一道一道的疤，像凹陷的肉色痕跡。平常不在意，卻從來不會忘記，妳會告訴別人妳忘了，但內心一直對此感到憤慨與羞恥。我跟諮商師說這個世界很鮮豔，快樂跟傷心都很鮮明，到處都是無奈跟悲傷，而我無能為力，我沒辦法有任何改變跟作為，甚至連掌控自己情緒或讓自己快樂都做不到，我只能解決自己。雖然我還很膽小，但我知道只有我死掉才能結束這些痛苦的感受。他就是聽著，他的話語裏沒有同情跟憐憫，這讓我很安心，因為我不需要。

33

當她無處可逃，開始做各種噩夢，醒來時覺得「與其躲在被窩卻無處可逃 不如真的去給人糟蹋一番」，藉此來逃避自己，或是衝出去被車撞，各種傷害自己的念頭出現在她躺在床上卻無所適從的時候。

34

她喜歡當好人。或是，沒有人不喜歡。

她在自己撐不住的時候，依然擁抱著「沒事，一切都會愈來愈好」她說。

但後來沒有愈來愈好，而她也很糟，所以她放手。

「我沒有辦法啊」好像曾經有辦法一樣。

然後，她以為他可以接住自己。

但他其實也沒辦法。

「願那些釋出好意的人們能夠始終保有承接別人一切的餘裕」

彼は自分を受け止めると思ったけど。

彼は受け取れなかった。

35

那些昨天才發生的憤怒好像從來不屬於妳。

前夜的躁鬱裏，那些輕易萌芽的恨意以致於雙手必須緊握，避免拿到什麼就砸壞什麼，別提書中文字無法入眼，畫重點用的自動鉛筆也被妳掐至碎裂，那股充滿妳整個軀殼的惡劣脾氣，到了今天，好像不屬於妳。

妳沒辦法控制住那些情緒巨浪湧來的時刻，妳沒辦法止住突然的淚水。妳當然可以吃藥抑制情緒，妳的喜怒哀樂會一起被處方藥壓下，思緒能力也跟著消失。

妳還是過一天算一天，然後沒有然後地活著。

36

也許這個世界會比較喜歡妳鬱症發作的樣子，就像妳曾在鬱症的情況下喝醉，無意識的被索取肉體，醒來後對方稱讚妳非常性感那樣。就像妳曾經在鬱症的情況下溫柔，被身邊的人關愛那樣。

妳沒有能力思考的時候，比較不帶刺，不善拒絕的妳，比較好搞。

37

「如果這個世界沒有她的話是不是比較好？」
這個世界在大部分的時候都給她這種想法。

也許回到非常最初的時候，就有什麼地方出了錯。
也許回到非常最初的地方，她可以不曾存在過。

今天也非常殘忍，任何地方都容不下她，一如往常。

即使是非常殘小的笑容，
她也如此想要得到。

又是哪裏出錯了呢？明明是一樣的構造啊。

關於幸福以及活著的理由、你們都知道了嗎？

其實我知道呢、關於幸福的事情，
即使知道了、現在卻是痛苦而殘忍地想要忘掉啊。

然後、
即使如此，
會不會再一次，
能不能再一次……

……

今天也非常殘忍、任何地方都容不下她，一如往常。

今天的我也是
愛的。
即使一個人也是
愛的。

今日の私も

愛している。

一人になっても

愛している。

38

我不知道。

也許我可以消磨的東西比一般人多，你知道他們說「上帝給你的都是你能承受的」。也許我的靈魂可以承受的比較多；也許我的靈魂特別肥大，可以承受千刀萬剮；也許我的靈魂是九命怪貓，死了一次，再死一次，都沒關係的。

39

我沒事啦。不對、我一直都很有事，畢竟憂鬱躁鬱焦慮飲食障礙這樣反反覆覆也十來年了，怎麼可能沒事呢？下午差一點就要出事，可能是丟辭呈可能是自殺可能是跟陌生人上床，差一點就出事了呢。但後來我只是在咖啡店偷哭而已，什麼事都沒有，嗯。今天也是難熬但是被我熬過去的日子呢。

私、大丈夫です。

いや、

大丈夫ではない。

40

喝酒會脫水。

她在無數個醒來的時刻，看著自己前一晚哭到紅腫的鼻子眼睛，叼著悲傷一路跟隨到早晨。之後，不管睡前有沒有哭，她都會喝一罐罐裝水果酒，讓體內的眼淚、血液，跟著酒精蒸發，悄悄在她睡著的時候。

脫水後，就可以假裝那些悲傷沒有真的發生過。

/

喝酒的話，她喜歡喝可愛的罐裝水果酒。

喜歡快速喝完一整罐，大口喝下，用酒精蓋過思緒，讓酒精控制情感。

她不太會發酒瘋，醉了就想睡覺，偶爾掉幾滴眼淚，想著自己的故事笑出來。

她最喜歡 HOROYOI（註）的可爾必思口味，如果給她兩罐，她會把全世界的故事都說給你聽。

註：日本三得利株式會社（サントリー）於2009年推出的氣泡酒品牌，以3%低酒精的設計，讓酒量不好但想喝點小酒的飲酒初學者，也能放心嘗試。

41

我在掉眼淚
同一片字句我必須看兩遍三遍才能讀懂它的意思
吃不下甜食
甜食讓我覺得噁心

我需要有人可以療癒我

我希望可以對某個人說
：我**愛**你
：我好想你

但我不知道能對誰說

私を癒される人が要る。

誰に言いたい

愛している

会いたい

誰に言えるのは

わからないけど。

42

從書頁中抬起頭來環顧四周，原來我還有自己的生活要過。

書裏講著一些妳有同感的句子，然而紙上描述的生活也有些縹緲虛無。內容很痛苦，但妳也是，所以妳沉浸在自己的情緒即將溺死，妳早已無暇在意他人的人生。

目が本から離れて周りを見て、私の生活は続けなければいけないよね。

43

目前還沒有想到可以走去哪裏。

她還**愛**著，她知道的，她還**愛**著，只是她知道不管怎麼走都會讓另一半受傷，這種罪惡感讓她更想要不顧一切往外逃離，甚至乾脆死去，她毀了一個正面小天使的心，走每一條路、都再毀滅一顆。

目前還沒有想到可以走去哪裏。

她焦慮而無所適從，目前還沒有哪個正確的地方能夠予以救贖。

/

留下來的人，都比較痛。

我很自私，只有我的爸爸媽媽姊姊可以先走。

你不行。

答應我，你不會。

残られたほうが痛い。

硝子より割やすいのは何、私は多分それで作られた。

44

每週有五天早上會喝減肥藥，那短短的一兩秒是我心情最好的時候。我瘦了，我知道，我感覺到我喝下它的動作真的有作用，它沒有背叛我，跟其他事情不一樣，其他事情不管我怎麼努力都只會被問「為什麼會這樣」「妳不夠用心」「妳的一個動作一句言語會帶給別人不好的影響」。天知道我每天起床還沒吃藥前多希望自己死在床上，天知道我吃了藥之後的嗜睡昏沉專注力下降遲鈍這些副作用都在逼我「活下去／苟延殘喘也要活下去」，太荒謬了。我不行，我只能這樣，我已經很努力了。

從52公斤瘦到46公斤。我乖乖喝，希望可以瘦到理想的44甚至42；如果可以，我甚至想把存款掏出來買三箱一次喝光，也許它可以連我的骨頭都融化，我脆弱的心跟腦就不用這麼疲累了。

/

比玻璃還脆弱的是什麼，我大概是那個做的。

45

一定是因為從小就不想活著吧。因為沒有活著的意義，所以只要誰稍微對妳好一點，釋出善意，妳就認為自己可以為了他付出一切、為了他而活。

46

對不起，但我終究是那個想要一死了之的我。

我羨慕他離開，像是那些羨慕擁有憂鬱症的文藝青年一樣殘忍而可恥。

每天都浸泡在「還過得下去」這樣一種不好不壞的狀態，我依舊默默幻想有人能把我殺死，在我還能稱作年輕漂亮的時候。

47

後來我養成的壞習慣是一煩就吞半顆贊安諾（註），讓自己體內從情緒精神乃至臟器都被西藥成分給蒸發，空著殼，等著這一天漫漫長日渡過。

きっと子供頃から生きたくないと思った。

生きる意味がないから。

ごめん。

私はやはりその生きたくない私だ。

註：Xanax，鎮靜劑的一種，多用於短期治療恐慌症與廣泛性焦慮症，常見的副作用有嗜睡、憂鬱、頭痛、感到疲倦、口乾和記性變差。

48

以前不知為什麼每到母親重鬱發作的日子，就要一直開著電視機不停轉臺，那有什麼意義，沒有什麼想看的話為什麼還要繼續。

直到後來我發現壓力大到再也無法承受時，暴食症的進食過程、購物狂的挑選思緒，與理想自我的假想，那些片刻是唯一能讓人「逃離令人痛苦而無所適從的現實思緒」的時候。只有在手忙著將食物塞進嘴裏、咀嚼，想著要囊括入懷的新鞋該是什麼顏色，只有這種瑣碎的時光，能夠讓我們從那些被稱之為「工作」或者「生活義務」的字眼裏頭，逃離那個思緒，即使這些放肆也稱不上快樂。然後，當妳的精神再也支撐不住的瞬間，就連暴食與購物都不足以助你逃離時，妳倒下了，眼淚不停與想死的念頭交錯盤旋。此時如果稍微思考的話，任何小事都是錯的，都讓人不想活著，一切都無法讓人感到值得。如果要追究做錯了什麼，最終妳其實從一開始就不該出生呢。

妳祈求死亡，從無助到卑微渴望，也曾積極嘗試實質的「往死裏逃」。有些幸運的人一次兩次就順利的死了，不幸的人半殘，使自己與周圍更劇烈而難受地活著。妳看了，嘗試了，比那些絕大多數的苟活者，妳是幸也不幸的，妳送醫妳大腦殘缺妳不正常而妳是活了妳沒死即使妳不想卻也只能哭著這樣了。

所以妳開著電視轉著節目，滑著手機點著頁面，妳眼淚掉著，想找到一些渺小的事。妳已經嘗試太多事物意圖讓自己快樂，但最後如果有什麼能夠讓妳「不要再哭了不要再想死了」就夠了。所以，妳眼淚掉著，手指動著是在妳倒下時，最後給自己找些理由活著。

但其實從來沒找到過。

映入眼簾的人事物都讓妳想死。

最後妳還是只能哭著問為什麼要有明天為什麼自己要活著，為什麼能夠死掉的總是那些有求生本能的人，為什麼妳沒有呢？原來妳的一切都是錯的。

49

妳沒事。

妳不會用死來報復這個世界或人。
這個世界不在乎，他們也不在乎，妳的死活對他們皆屬可有可無。

妳的不順遂在大哭幾場過後總會有它們的出路。

妳自己深知所**愛**之人死去的痛苦，那種哭到無法呼吸的日復一日、妳不會讓妳**愛**的人們重蹈妳的覆轍。

對於所**愛**之人，妳還留有最後這一點點，為了他們而繼續掙扎的溫柔。

即使那些厭惡妳至深的、視妳為骯髒的刺的，可能希望妳永遠消失，妳也不會藉此為由逃走。

不要成為那片死去的天空。

ウホッ!!
いい男たち

自高中確診為憂鬱症與飲食障礙，截至目前發展為重鬱症、躁鬱症、偶爾伴隨飲食障礙與恐慌焦慮。原因有先天遺傳、後天影響、社會因素，可謂三位一體。在大腦失控的日子裏，那個憂鬱、悲傷，隨時可能溺斃在自己情緒裏的自己，至今依然很努力的撐著。

那些不足為外人道的輕巧事情，卻陰錯陽差地成了我的全世界。它們沾黏著我的情緒，不經意地成了許多人眼裏無法容忍的一粒沙子。

然而，那些我強顏歡笑著、卻依然惹人生厭的日子，即使我是如此不屈而叫人折騰，哭著嚷著不想活著，依然對這樣的我予以溫柔的人們，謝謝你們總願意耐著性子看我破碎，再陪著我緩緩把自己拼湊。

生活裏頭砸了一些味道

1

她這陣子喜歡把新鮮香草丟進鮮奶油裏熬煮、冰鎮、打發成蓬鬆柔軟，塗抹在乳酪蛋糕上。

檸檬天竺葵、薰衣草、芳香萬壽菊，沒有什麼嚐不著。

鮮奶油成了溶劑，將香草植物的香氣萃取出來，鬆軟的乳脂挾著明明飽滿卻又輕盈的細緻氣味，即使吞嚥也不覺得失去。

如果可以將身體作為溶劑，把你的心也萃取出來就好了，她喃喃自語。

2

她的人生是一塊一塊切碎後，用力揉也沒辦法揉成一團的不堪。做不成派，她是那種如果不吃藥，就連看個書都會忍不住掉下眼淚而融化的奶油。

3

她做了一模紅蘿蔔蛋糕，配上核桃蜂蜜乳酪霜。

這個食譜是天才，她說。

恰巧的，在三點三十三分，為自己輕拂了一壺檸檬香草茶。

喀地咬著沒有切得太碎的核桃，磨成泥的紅蘿蔔仍需咀嚼而別有口感，乳酪的酸跟蜂蜜的甜是豐潤的女朋友，為了不顯膩口而用丁香跟肉桂來增加一點距離。

從它還在烤箱裏逕自長成時，她就踮腳探著，聞到像是女巫沈甸甸大釜會有的味道。她知道會膨脹的不是小蘇打或泡打粉，是奶油、是砂糖、是**愛**、是光、是柔軟的少女不肯變老，是堅持要為了你親手烤一塊蛋糕。

キャロットケーキと胡桃蜂蜜クリームチーズ。

このレシピは天才だ。

4

尚屬純**愛**的大學時期，某個男孩說他**愛**吃炸蝦，我那時暗自發誓要做出最美味的炸蝦，後來他去跟前女友吃炸蝦了。出社會五年，我烤了一手美味的蛋糕，廚房也沒少待，蝦子是一隻也從沒炸過。

RED
TAN

5

氣味是連結記憶，藉以想起自己曾經確確實實感受過各種生活裏人事物的神奇媒材。

她害怕會再次聞到咖啡豆剛烘完，焦糖化的味道，混雜著SKY BLUE（註一）香菸的味道。她被生命的消亡給燻壞了，眼睛跟心臟都在聞到相似氣味的時刻變得濕漉漉的。

在酒店工作聞起來像是老湯姆（註二）的味道。

初次相見的人擦著木質調的香水。

那個人的房間是大豆蠟燭跟大麻的氣味。

擦肩而過是哈密瓜涼菸的味道。

她漸漸聞不到自己了。

啊，但是最近，她每天都在煮咖啡做蛋糕，朋友說跟奶油為伍的她、

聞起來有種臭奶呆的味道。

註1：日本香菸品牌 MEVIUS（前身為 MILD SEVEN ）裡濃度居中的一款，在台灣的便利商店俗稱「七星中淡」。

註2：這裡指的不是琴酒，而是作者認識的一位被稱作老湯姆的朋友，他身上總是有種「浸泡在菸跟酒裏頭生活」的味道。

6

她其實希望自己可以鬆鬆軟軟地生活，長得不可愛，也要像奶油糖霜一樣入口是輕輕柔柔，或成為冷冽而性格的，令人深深陷入的性感魍魎。

但她最後只是個赤裸、不起眼的家常甜點，在沒有鎂光燈的平凡茶几上獨自躁動。最不起眼的白色蠟燭在一旁，擅作主張地發狂、熄滅、發狂。

彼女はふわふわで生活したい。可愛くないけど、生ク
リームのようにふわふわで食べられる。

7

我想趁著你愛意漲潮的時候把它們撈起來
釀酒

這麼一來
待你愛意退潮之時
我可以自個兒醉倒

如果加入桂花和眼淚
浸泡

我想我可以醉到你的愛意再次漲潮
即便那時我大概已身處在睡不醒的地方

8

這個午後的濃縮咖啡使用22.5克咖啡粉萃取前段風味，入口是檸檬紅茶的強烈酸質。

拉霸機的壓力沒有那麼強硬，在放開拉霸的那刻，它便開始愈漸溫柔，咖啡液的風味萃取沒那麼完整，只留下前端好的一瞬。

有點像是有些人喜歡含苞的花，它就是摘取那美好的部分。

她本來想說的是，有時萃取出的東西很少，一點也不完整，卻因此得以看見一些柔軟的部分。

但她後來發現，大家只想看見她柔軟的部分。大家，並不在乎她整個人，不管她如何成長，變得不好與更好、延伸，像蕨類一樣延伸，眾人希望看見她柔軟的胎毛，僅止於此就好。

如果從這個角度來看，整件事情摘取下來後，似乎又不是那麼柔軟了。

9

柔軟如茶湯的日子渾然不覺地被你熬煮至沸騰，你說感情這種無聊小事是雜質，撈起之後，生活才能透明清澈。

我那無用的日子是用感情跟情緒拼湊的複方香草茶。親愛的，親愛的，那些你眼裏多餘的雜質碎葉，是我賴以為生的柔軟枝椏。

10

小小的日子裏因為把你拌進來而好吃不少。

為愛而生

恋したい、ずっと相手のためにドキドキの恋。
そして恋し続けて、人生の終わりまで。

1

好想談戀**愛**，一直不斷為對方心動不已的那種，希望我們談著談著，
不小心就一輩子了。

色々な人に恋をしていた。その人たちに恋している感じ、
今は思い出せない。

2

後來我**愛**過太多不同的人，以致於想不起**愛**著他們時的感受，但我知道自己是出自於某種小事而對他們滿懷崇拜。

那種近乎憧憬的**愛**慕，始終是我談戀**愛**的理由。

有一天我也會再去**愛**上別人，只記得你是個很棒、很有才華的人，而忘記對你曾經著迷的熱絡。

3

其實妳大概知道他接不住妳。

他起初只是看妳有趣，覺得如果妳哪天自殺了，他可以像妳一樣有個自殺走了的情人，以此來創作的作品也許能增添一絲好看的憂愁。

其實妳大概知道他接不住妳。

他說他不嚮往黏在一起的**愛**情，他需要時間增加作品，他要妳跟他一樣充實自己的生活，他只要晚上溫存即可。他要妳像隻金絲雀，閃耀在眾人眼裏又獨屬於誰只為誰唱歌。他期許妳的病症能夠也為他的作品佐上一點讓人想要陷下去的病態，那像是食用花，又像異國香料般奇異而迷人。

其實妳大概知道他接不住妳。

妳大概知道沒有人接得住。

妳曾經以為可以，但其實沒有辦法，妳愈來愈惡化，以前沒有人接得住、以後更是。

妳也知道，沒人有義務接住妳，沒有人該承受那種沉重的精神狀態，就像妳拋棄了妳的母親一樣，妳放棄去接住她，所以，也不會有人來接住妳的。

妳以為妳可以用自己的身心來交換一份安穩的照料，把身體跟感情給他當作繆思，然後，他來負責接住妳。

但最後，其實妳大概知道他接不住妳。

あなたと一緒にいると、生活には恋がなければいけないと信じたかった。

4

在這麼多老靈魂裏，就屬你最讓人想要繼續相信生活裏不能缺少愛情。

5

我想跟既討厭又喜歡的你一起過生活。

我不知道可以注視你多久。我以前以為我可以深**愛**一個人，像漫畫小說裏的深**愛**一般浪漫，但我沒有，有一天、我突然再也不喜歡了。

我很害怕。

我希望可以對你一直喜歡。

嫌だけど好きなあなたと一緒に過ごしたい。

あなたから、いつ目を離れるのはわからない。

怖いです。

ずっとあなたが好きだといい。

6

要抱抱嗎？你的身子壓了上來。

輕啄你的肩，覺得你的擁抱既溫柔又色情，我捶了捶眼，手指在你的頭髮間拂過游移，戳戳你的肩膀暗示你，這個擁抱太過溫柔了。

有你的話，再也沒有什麼是無法忍受。

いつまで好きになれるのはわからないけど、
今は、世界一の好きだ。

7

雖然不知道這次會喜歡你多久，但現在，是世界第一的喜歡啊！

8

愛上你之後，之前那些為其他男人寫的字，我都想不起來為什麼要寫了。

9

她是擅長單戀的詭譎存在，任何病症都無法成為她**愛**或不**愛**的藉口。

好きな人の弁当の卵焼きになりたい。

10

我想成為喜歡的人午餐便當裏的玉子燒裏的
蛋白質跟各種維生素，進入他體內貢獻他營養，
跟他同化。

わかってほしい。あなたを見ている時、

この宇宙はあなたを愛している。

11

希望你知道，當我靜靜看著你的時候，整個宇宙都是**愛**你的。

12

雖然我總是口直心快的把心事急急忙忙全丟給你，裝作自己「沒有很**愛**」大概是我少數擅長，卻又其實笨拙的事情。

我實在說不出與你在一起有多快樂。

那會讓我輸得徹底，我做不到。

13

我想我在你心中，大概位於非常低階之處，如果你心裏的所有女孩都有一個位置，那我會是在位階的深處。

我那些最劣根、最倉惶的缺陷，在你眼前一覽無遺，在我最劣質又最無助的時候，你跟我一起沉溺。

你知道、你跟我都不是什麼好人，你知道的。

然後，無論我有什麼人格特質、我喜歡什麼食物、愛什麼顏色，在你心目中我終將是個前科犯，最能夠予你無關緊要的那種。

14

我現在大概是，把外露的心臟拔下來，往一個人身上砸，他還擦身而過，對於我的喜歡毫不知情，我只能大哭，因為我的心臟砸爛了，沒有人要，你為什麼不接住它？我想要給你啊，原來你不要。

「常常喜歡上一個人都是這種悲哀的單方面迷戀呢。」

但卻沒有想過為什麼不能好好的把心臟塞回它該存在的地方縫補起來。

身邊的人一直試圖開導我，終歸是要回到自己，但我還是把心丟出去了然後撿不回來。

/

從這個人身上跳到另個人身上，我把曾經摔碎的心臟撿起來拼湊，再摔碎一次。

15

在百無聊賴的日子裏，把你的身體給認出來了，這個世界真是殘忍又滿是**愛**呢。

16

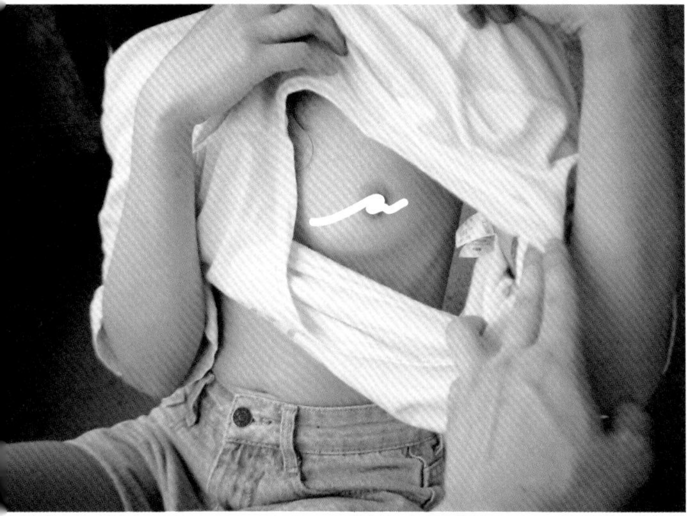

不管被疼**愛**被糟蹋，只要有人陪在身邊就好（儘管你們把我的心糟蹋個徹底，仍要假裝溫柔輕撫我，我當那是疼**愛**。）

17

我不做玫瑰不做狐狸不做你的情人，我不當伊迪絲而願成為瓦莉(註)，
只期許能當你漫漫人生的其中一個繆思。

/

你不**愛**我的話，我會跟宇宙的神祈禱你這輩子都是真誠而冷血的。
在我有生之年，願你將空有一身才華、而與戀**愛**無緣的感情色盲。

註：伊迪絲 (Edith) 是奧地利畫家埃貢·席勒 (Egon Schiele) 的妻子，
瓦莉 (Wally) 則是他的情人與其作品的主要繆思。

我不是不想做玫瑰，因為我知道這世上有千千萬萬朵花，而你不會選擇為我細心照料。如果你可以停下來揮灑你稻草般的金黃色，那我願意做那隻被你豢養的狐狸，只管等候。

我說我想親自踩死你身邊所有可能成為唯一的玫瑰，其實我是希望把自己殺死。

18

逃離整個台北，逃不過不停想你的那份情感。

那是我最想拋棄卻又不願離開的東西。

在街上像是分離恐懼的小寵物失去回家的路，走走停停尋找你是否留下痕跡。你隻身來到台北，你有沒有曾經從這裏走過，有沒有曾經逗留，有沒有在街道轉角不小心想起我。

我低彩度的台北你擅自調高對比，增添一抹。

你闖進我心裏最深最深的小角落。後來才發現你是春日的枝椏，愈長愈大。小角落再也不夠容納你的姿態，春的日子被發掘的時候已經全部都是你，都是你，然而你說你只是寄放一部份悠哉在這裏享用春天，沒要停駐。你把自己摘下來，送給另一個她。

原來你不是扎根的枝椏而是候鳥，這裏不是你想要的家。

你占據了心之後說你不要，但別人已經進不來了。

逃離整個台北也無處可求。

我再也找不到什麼地方能夠逃去，無處容納那顆總是殘留你溫度的，被拒於門外的腐爛心臟。

19

嘘みたいな愛を掴まりたい心

あなたと一緒にいる日日

嘘になった

一定不會再這樣傷得深刻
體內的柔軟都被消耗殆盡
你是光
而我是逐日凋零

那些苦也要一起**愛**
即使苦進深夜

只是很卑微地想一直抓住這份像謊一樣**愛**著的心

好想要只是漂浮在跟你一起的曾經
那些你在身邊的日子
都成了確實的謊言

20

「她對於深愛之物總是如此，掏心、沉溺，卻又毫不愛惜地消耗殆盡。」

我想給你的是有點殘拙的**愛**，親**愛**的。
我想狠狠撕開你胸口，就像我始終這樣對自己，掏出我的心、塞進你肋骨裏，
與你的心緊緊依偎。
我想要給你的**愛**是滿滿的**愛**，毫無憐惜。

21

我想著自己喜歡你的樣子，正好是別人看不懂你的樣子。那些跟我一樣被你吸引的人，一定也發現了你的那個面貌，那個別人學不來的姿態，然後深深陷進去。

22

我想要和你在雨天時再次出去拍照留念，浸濕的襪子也會因為得到的底片而沒那麼討人厭。

23

我把 喜歡你 這件事藏在花火裏面，它們一起在最美最放縱的耀眼過後，慢慢把自己縮小、再慢慢死去。

24

我曾經**愛**一個人**愛**到希望
當我不在他身邊的時候，他
能夠生活得一點也不愉快、
一點也不順心。

「請你一定要不幸呢」我
是這樣跟他說的。

25

好好照顧自己，緩緩的，最後居然只有六個字能鬆落自他的口。

稀鬆平常的照料成了過期的牛奶，酸得令人發慌。

嚐夠了他恍惚之間的溫柔，它們從未思考、她也從未嫌少。

它們曾是黏稠而滑口，潤著她的舌頭，稍嫌黏牙。太過習慣舔舐乾燥的唇，他離開後，整片屋子找不到一支能夠柔軟她的唇膏。

就是散了。

悶熱的台北午後，下雨一瞬，她哭了起來。

哭吧，哭到乾涸也不犯法。

26

如果沒有**愛**了，就自己捏造一個。

愛がいなくなると、自分作ろう。

27

我真希望我喜歡你的心情能如那隻街角的貓，跳上屋簷離去也顯輕巧。
我的心意對你而言只是雜碎，而你卻是我的滿月與繁花。

28

我們沒有擁抱、也沒有接吻，你的汗水滴在我的臉上跟身上，我想你把我整個人從裏到外都淋濕了。你把我翻過身抽插的時候，我還期望著，希望你只管從後面抱住我。最後，我又是滿臉通紅地失落。

你在我體內時，我是真的相信有永恆。

即使這對你一點意義也沒有。

29

不管心臟被摔爛多少次，身體被糟蹋多少次，妳還是以為 做愛 是生的出感情的事。

那種純然的信仰才是真正的羞恥。

30

她想要一些擁抱，他不能給她，於是她獨自躺在床上，昏沉沉的，心想這個世界乾脆毀滅了好。

私の時間が流れても、あなたが私の後ろについていたら、私は振り返る。

31

不管我的時間怎麼往前走，只要你在後面，我就會不斷回頭，你就是老了死了苦了破爛了，我的青春也是隨你的。

32

如果你不摸摸我的頭，我就只好拼命把下巴跟心一直塞給你，像一隻小狗狗。

嗷嗷

33

那天我成為了你身體的一部分，有那麼一顆心跟欲望的芽，真的打算這輩子都為你奉獻犧牲。

當你說不要的時候，我的眼睛　嘴角　心臟　以及之後的日子，都是苦苦又酸酸的。

34

他們說我藏著一些秘密，我是無意隱藏，只是沒說罷了。你在我眼裏是無可比擬的神秘，也許只是因為你在我面前對於自己的事隻字不提。

反正你是沒**愛**過我。

35

原本談戀**愛**是唯一能夠讓我閃閃發亮的事。喜歡你讓我覺得自己狼狽又落魄，跟我悲哀的人生同出一轍。

36

右腳、鼠蹊部內側，延伸往大腿的路上，有一顆痣，那個隱密的地方，至今有多少人看見，我已經不記得了，這場膚淺又寂寞的人生。

37

我污穢的心能給你的是最純粹的喜歡，請不要因此把我丟掉。

38

妳還是不敢把**愛**輕易說出口，上一個和妳互相說**愛**的人用他的生命試圖和妳交換什麼。

好像如果再次說出口，全宇宙的力量都會來把妳得到的快樂帶走。

「妳沒有**愛**人的資格」他們說。

於是妳假裝自己已經不具備任何能力去**愛**了。

妳笑稱自己只是男人身邊的寄生蟲、毒瘤、蹭飯蹭肉體一流，「滿喜歡的啊」妳笑著說。

然後妳每天都哭著祈禱，希望這個宇宙不要發現妳的感情正被攪動。妳偷偷摸摸，希望上帝或魔鬼都沒有發現妳內心的波瀾。。

「不要看我」妳用手臂遮住自己，

「我沒有**愛**上誰」妳用哭腔說，「不要再把他帶走」。

今天也要偷偷地**愛**人。

「あなた、人を愛する資格はない。」

あなたは他の人に愛されないふりをしていた。

39

我這場膚淺的人生大概還會碰到一些人吧，希望有一天很幸運地我們可以互相喜歡。

40

後來她還是一直去愛上別人，用滿腔的喜歡來嚇跑對方，她始終是學不乖的。

「其實很喜歡你」

「其實很想跟你在一起」

有時候其實是喜歡這個喜歡著誰的自己

「実は好きです」

「実は一緒に居たいです」

「誰か好きている自分が好きです

41

在你騎車的時候故意在你的衣服上沾上唇膏，好讓別人看到。

42

你總是好輕鬆又好慷慨的在我面前展露自己的寂寞。
不要得寸進尺。

43

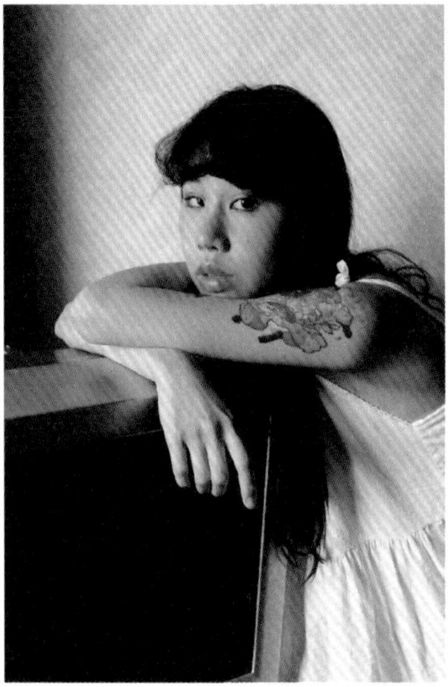

「他人即地獄」，妳是我的地獄。

妳是他的生活跟他**愛**的那個人。

44

我不是那麼喜歡自己，因為我對「理想的自己」要求很高，達不到就會很生氣。但另一方面我對於喜歡的對象從來不會有這種要求，應該說，我喜歡上對方的話會直接變成白癡，對方的一切都是最棒的，世界第一的喜歡，我根本不想要求對方什麼，對方是完美的。

但後來跟他們分開都是因為我不再喜歡他們，也忘記當初是怎麼做到，對對方有這麼近似崇拜的熱絡。

也許我愛自己的方式跟愛別人的方式是一樣的，東西不喜歡了就想丟掉、放棄，不想再努力不想再活著了，所以那些關係都被我丟掉了。

可是自己的人生丟不掉呢，所以還在這裏哭著賴活著，偶爾舊情復燃似的有點喜歡自己、對自己好，繼續生活著。而我跟那些人的關係，已經被我就這樣丟掉了。

45

我是真的很想變得跟喜歡的那些人們一樣強

戀愛腦，雖然高三申請學校後，才開玩笑似的交了第一個男友（22天後分手），大學經歷兩場純愛、出社會認識S才有第一次性經驗，但人生的空窗期，都在愛慕別人。

她是為了暗戀的別校男孩學做蛋糕，為了喜歡的偶像學日文，為了愛慕的主管參加職場比賽學習韓文，為了攝影師男友而學習成為模特。她的人生至今除了寫字之外都是有目的的，即使曾被愛慕對象斥責「滿腦子小情小愛」，但這些最後都成為了她。

咦

本來很喜歡談戀愛呢。然而只要一想到有個我曾經很喜歡很喜歡的人，後來我漸漸對他失去喜歡，於是我們分開，我就覺得很難過。

我原本以為我能給別人傾倒滿滿的喜歡，倒他一整頭，讓他溺死在我的愛慕裏。結果沒有，我的大腦神經系統有問題，我的喜歡很脆弱，我掛在嘴邊的情話被我自己忘記在曾經很喜歡你的時候。

於是我好像沒辦法對誰再感興趣了。「反正這個人，總有一天也會被我『不再喜歡』吧？這樣一想，就像漫畫被爆雷一樣失去興趣。啊，反正角色終究會達成夢想，而你終究會幻滅在我的記憶裏吧。

有點想念那個滿腦子談戀愛，「有愛就能活下去」、「為愛而生」的浮誇自己。我最近開始思考為自己而活這件事，然而我根本不想活著，所以愈想愈沒勁。

（忘記什麼時候寫的字）
（如果不是存在自己雲端根本認不出來是自己寫的字）
（戀愛腦如我原來也有這種情緒啊）

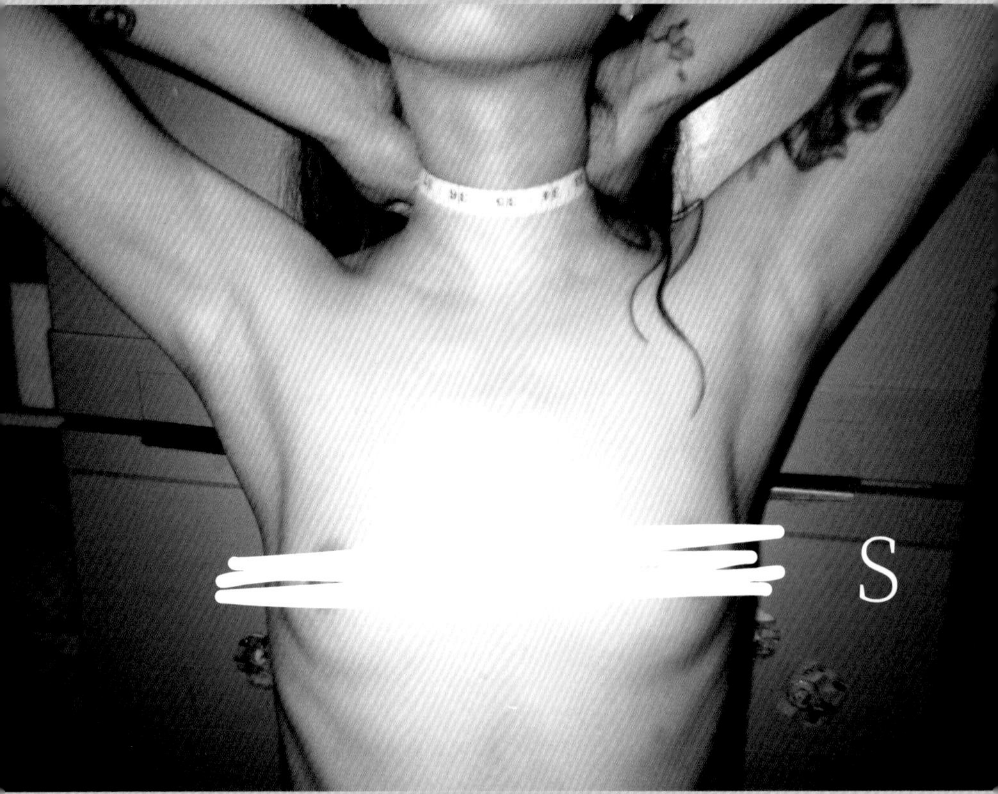
S

1

如果說，初次見面是烘烤咖啡豆的焦糖香，那麼他最後留給我的，

是甜膩的葡萄果汁味道。

初めて会う時はコーヒーを挽くキャラメルの匂いがした。

最後に私に残ってくれるのは甘い葡萄ジュースの味だった。

2

如果從結論來看，我們的相遇沒有正確可言。

/

我跟他就像全世界的笨蛋情侶一樣，他牽著我的手送我到家門樓下，擁抱了，仍然依依不捨，於是我會走到每一層樓梯間的窗戶，看他是不是還在樓下癡癡望著我。

他每次都還在那裏癡癡望著我。

我會往窗外揮揮手，他也從樓下，仰著頭、揮揮手。每一層樓，彼此重複一樣的動作，直到我到了頂樓的家門口，隔著圍牆跟他揮揮手，才會看他慢慢走去牽他的檔車回家。

我會癡癡望著他，直到他的身影跟揚長的引擎聲真正消失。

他曾說他在我們最糟的時候想要騎車兩個人一起死，不過最後他自己先走了。

結論から見ると、

私たちの出会いは正しいとは言えない。

彼は最悪の時に私達一緒に

バイクを乗って死に行くと言った。

結局、彼は先に行った。

3

S是我第一個發生性關係，做愛的對象，我因此暗自把那些在他之前的交往對象都視為純**愛**，而把他當作這輩子戀**愛**的頭一遭。

他讓我以為做愛是必須容忍的事，後來我才知道原來只是我們的身體在各方面都不契合。我**愛**他，後來不**愛**了，再後來跟其他人做愛，才稍稍意識到做愛跟感情是兩回事呢。

4

他們安慰我說我沒有錯，其實我也知道我並沒有做錯什麼，但無疑是我逼死你的，在我隱約感受到你重視我勝於自己，勝於一切的時候，我依然故我。現在想想我的字句是不是都讓你難過，我的陳述在你聽來都成了指責，我用自己的價值觀把你對我、對自己、對理想世界的想像打擊得體無完膚。

5

後來我對於咖啡的沖煮知識技巧已經不再有任何熱情了。

S的最後一篇公開文章寫到了異稟與天賦兩個詞。

「如果存在著等價交換，那麼你就全部拿走好了」

不久他就走了。

/

「你才沒有為我換取什麼才華，你才沒有，你只會讓我一直掉眼淚，直至我隨你死去。」

6

你死了之後
我反而寫出了一千一萬首詩歌
我這個人還能夠再更差勁嗎

7

他曾說過：「剛在一起的那半年，我覺得妳簡直是天使。」
不管他在我身上看到什麼，我那時候一定是超級、超級喜歡他吧。
我想我可能永遠也不會再這樣喜歡一個人了。

8

他把葡萄汁淋在她掛著的衣服，然後淋到她的頭上。

「去死吧妳這個垃圾～～～」

—

你可不可以帶著我一起死去，我才能從你失望眼神的詛咒裏脫離。

我不斷夢見你的身影，你的眼神一次又一次、責備我的不完美與感情瑕疵。你是**愛**，每當我疼痛時總會想起的那種。

9

他們沒有看過你看著我的時候，那種憐愛、溫柔跟陽光，理所當然無法想像，當我用一字一句打擊你的時候。你的表情，整個人的狀態、眼神、聲音，是多麼無助而脆弱不堪。

—

你離開之後我反而走不出你。

あなたが亡くなった後、

私はあなたから離れなくなった。

10

我本來就是個腦波很弱，很容易受外界影響的人，自從他走了之後我變得更加不自愛，或者說我開始任由這個環境對我的予取予求，而我隨波逐流。

我是飄在水池裏假裝自在的金魚，任由看著垂涎的人撈起、玩賞、蹂躪、放生，無限循環。

我的人類圖是稍微少見的，空白的那種，我沒有所謂的能量，誰來了誰就填滿我。

我明明是空白的。
可是為什麼你離開了之後，好像還是帶走了我的什麼。

何も持っていない私。

なんてあなたが亡くなった後、私から何か

持って行ったように感じた。

11

我找不回那些情話綿綿，那些都是在講你的話。我曾經想著永遠也不會有人跟我兩情相悅，沒想過你對我可以有這麼多喜歡、太多了，多到我嚇一跳。

我找不回那些情話綿綿，已經找不著。

而我也知道它們一定已經灰飛煙滅了，那些柔軟而深刻的話語、是哪兒也沒辦法去。

時間を取り返しても、何も変わらない。

彼女はわかっている

12

但她很清楚即使時間重來也不會有所改變。

即使時間重來，她也不會改變自己的決定，她不會因此不跟他分手、不會因此不愛上別人，不會因此不去酒店工作，不會因此回去那個地方做咖啡。她不會。

即使如此，她依然常常去想像無法挽回的事。

她想像他會繼續出現在那間咖啡店，想像他跟著他們老闆跑遍世界像隻比狗還累的狗，想像他跟身邊的人講她壞話，說她是個骯髒的垃圾，想像他邊打瞌睡邊烘豆，想像他又在深夜牽著沒油的檔車披星走過。

可是時間不會重來，也沒有這些如果。

她除了自我厭惡之外做不了什麼。

13

我盯著他跟那隻白目小狗抱在一起在沙發上睡著，等我下班的照片，掉著眼淚。

最難過的是如果他們沒有死的話，我根本不會像現在這樣在意他們。

我也成了那種失去後才知道珍惜的人，而最難過的事情是即使已經失去，仍然很冷靜很清楚的知道，就算時間重來，所有現實的問題依然存在，妳依然不會去把握跟他們的關係。

這樣不就像是他們的死是有意義的嗎？

「因為他們離開了才知道他們的重要」，我討厭這樣。

彼が犬を抱きしめてソファーで寝て、私の帰りを待っている写真を見て、泣いていた。

一番悲しいのは、今彼らがいたら、私はそんなに気にしない。

14

後來妳說妳不再喜歡那個人了
明明曾經他的笑容就是妳的全世界

妳想不起來喜歡那個人的理由
明明曾經因為找不到他而鬧過自殺

他說他喜歡適合綁包包頭的女生
至今妳依然留著適合綁包包頭的長髮

妳發病的時候把兩人的訊息都刪除了
現在妳只記得他告訴妳
：剛交往的半年他真的以為妳是天使
：他覺得妳沒有資格**愛**人也學不會**愛**

妳要證明他是錯的
不然他不就白死了

2019/12/25

我以為我會先離開這個世界。

以前我們久久吵一次架，我以為你不要我了的時候，我都會難過到想要跳樓自殺，但我是個怕痛的孬種，好幾次繩子綁住門把或是站在頂樓都會大哭收場。我不知道你離開前有沒有大哭，但我知道你為了我哭過好幾次，我們不歡而散，你說我們再也不見，你說我沒有愛人的資格。手機摔爛事件令我感到莫名可笑，甚至當成茶餘飯後，我一點也沒有生氣，只是很無奈我害你這樣失控。我很無奈，因為你對我來說像家人一樣重要，但在你身上我再也找不到一點心動，我很無奈你說後悔分手，後悔放開我，但我已經喜歡上別人了。

去年的昨天我們在電話裏說分手，我不知道你是不是特別選擇在這天跟世界說分手，我以前一直對於每個選擇自殺的人抱持著「辛苦了，如果這個世界讓你這麼痛苦的話」還是不要勉強自己硬撐了，畢竟我也一直活得很痛苦啊」的念頭。對不起我竟然害你這麼痛苦，對不起我們最後一次見面不歡而散，對不起我讓你浪費在我身上這麼多，對不起我沒辦法成為你的支柱，對不起在你工作最負擔的時候我離開了你，對不起我一直讓你為了我操不必要的心，對不起我以為你可以好好的。

不安於世

欸里　著

發行人　郭茱莉

編　輯　郭璐茜

校　對　蔡　好

裝　幀　柳　捲
rm03kb@gmail.com

出　版　**島座放送**
+886 2 2941 0495
235 中和宜安郵局第 3 號信箱
www.islandset.com

印　刷　**沐春行銷創意有限公司**
+886 2 2222 6570
235 新北市中和區板南路 486 號 2 樓

總經銷　**紅螞蟻圖書有限公司**
+886 2 2795 3656
+886 2 2795 4100 (Fax)
red0511@ms51.hinet.net
114 台北市內湖區舊宗路 2 段 121 巷 19 號

初版發行　2021 年 3 月 5 日

ISBN　978-986-98572-3-9

劃撥帳號　**島座放送有限公司**　50263371

讀者信箱　reader@islandset.com

定　價　380 元

DOI　10.978.98698572/39

國家圖書館出版品預行編目(CIP)資料

不安於世 = /欸里著.
– 初版. -- [新北市] : 島座放送, 2021.03
264 面 ; 14.8x21.0 公分
ISBN 978-986-98572-3-9(平裝)
863.55　　110003599

(´•ω•`)♥